三十六個字

編繪／阿達

一個長鼻子，
兩隻大大的耳朵，
還有四條粗粗的腿，
這是甚麼字？

象

商務印書館

本書經人民美術出版社授權出版，只限在中華人民共和國香港、
澳門特別行政區發行、銷售。

三十六個字

編　　繪：阿　達
責任編輯：鄒淑樺
封面設計：李莫冰
出　　版：商務印書館 (香港) 有限公司
　　　　　香港筲箕灣耀興道 3 號東滙廣場 8 樓
　　　　　http://www.commercialpress.com.hk
發　　行：香港聯合書刊物流有限公司
　　　　　香港新界大埔汀麗路 36 號中華商務印刷大廈 3 字樓
印　　刷：美雅印刷製本有限公司
　　　　　九龍觀塘榮業街 6 號海濱工業大廈 4 樓 A
版　　次：2017 年 9 月第 1 版第 1 次印刷
　　　　　© 2017 商務印書館 (香港) 有限公司
　　　　　ISBN 978 962 07 5746 4
　　　　　Printed in Hong Kong

三十六個字

日	山	水	森
竹	田	草	刀
雨	傘	石	火
弓	舍	羊	花

2

在很久很久以前，我們的祖先，

依照事物的樣子創造了漢字，所以最早的漢字都是象形字。

接下來，我們要聽一個由三十六個象形字講述的故事。

3

清晨，太陽冉冉升起，
照亮了青山秀水。

森林裏熱鬧起來，小鳥和大象正熱情地問好。

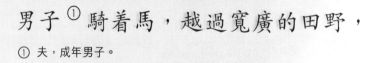

男子①騎着馬，越過寬廣的田野，

① 夫，成年男子。

來到岸邊的草地上。

穿過茂密的竹林，

河水清澈，馬兒在
岸邊安靜地吃着草。

森林裏，男子用
刀砍伐樹木，做成了
一艘小船②。

② 舟，小船。

開船嘍，他划呀，划呀⋯⋯

燕子在空中飛過，男子開始撒網③捕魚。

③ 網，古文的字形是一張捕魚或鳥獸的網。後來加聲旁「亡」
　　作「罔」、加「系」作部首造了「網」字。

呼——呼——烏雲飄過來了。

嘩──嘩──雨越下越大，打開傘躲一躲吧。

忽然，狂風捲起巨浪，掀翻了小船。

男子在水中掙扎着爬上一塊礁石。

他渾身濕漉漉的，又冷又餓。

怎麼辦呢？生火烤魚吧。

沒有了船，怎麼上岸呢？

哇，熱心的烏龜來幫忙了。

大烏龜，游啊游，找回船
兒不用愁。謝謝你，善良的烏
龜，再見！

對岸，老虎正在捕獵。鹿和小豬④飛快地
逃進密林。哎呀，不好，老爺爺⑤摔倒了……

④ 豕，豬。
⑤ 叟，老年男子。

老虎撲了過去！在這危急的時刻，

男子拉開弓射出一箭……

老爺爺得救了，
他把男子請回了家⑥，
還把羊送給他，感
謝他的救命之恩。

⑥ 舍，原始的房屋。

這邊，失去了母親的小老虎正傷心地叫着。男子決定帶牠回家。

帶着羊和虎，手捧着鮮花，男子回到了船上。哎呀，太沉了⋯⋯

男子看着花、羊和虎，心想：「如果每次只運一個，怎麼才能把它們都運過河呢？羊要吃花，虎又要吃羊！」

　　對了，先把羊運過岸。接下來，先運

虎還是先運花呢⋯⋯

太陽快落山的時候，他們終於全都到了對岸。

馬兒早就吃飽了，正等着主人回來呢。

騎馬回家嘍！

大象、小鹿、小豬和烏龜都來送行。

到家嘍！妻子⑦帶着兒

子出門迎接親愛的爸爸。

⑦ 女，女子，此處代表妻子。

小狗[8]朝主人歡快地搖着尾巴，男子高興地把花獻給親愛的妻子。回到家真好啊！

⑧ 犬（犭），狗。